Nous remercions le ministère du Patrimoine canadien,
la SODEC et le Conseil des Arts du Canada
de l'aide accordée à notre programme de publication

Patrimoine   Canadian
canadien   Heritage

LE CONSEIL DES ARTS | THE CANADA COUNCIL
DU CANADA | FOR THE ARTS
DEPUIS 1957 | SINCE 1957

ainsi que le Gouvernement du Québec
– Programme de crédit d'impôt
pour l'édition de livres
– Gestion SODEC.

Illustration de la couverture
et illustrations intérieures:
Nathalie Huybrechts

Couverture:
Conception Grafikar

Édition électronique:
Infographie DN

DANGER
LE
PHOTOCOPILLAGE
TUE LE LIVRE

Dépôt légal: 1er trimestre 2004
Bibliothèque nationale du Canada
Bibliothèque nationale du Québec

1234567890 IML 0987654

0410 8129 5 $8.95

Feuille de chou

COLLECTION
PAPILLON

Données de catalogage avant publication (Canada)

Cossette, Hélène, 1961-

    Feuille de chou

    (Collection Papillon; 101)
    Pour les jeunes de 9 ans et plus.

    ISBN 2-89051-893-0

    I. Titre II. Collection: Collection Papillon (Éditions
    Pierre Tisseyre); 101.

PS8605.O87F48 2004   jC843'.6   C2004-940204-8
PS9605.O87F48 2004

Feuille
de chou

roman

Hélène Cossette

**ÉDITIONS
PIERRE TISSEYRE**

5757, rue Cypihot, Saint-Laurent (Québec) H4S 1R3
Téléphone : (514) 334-2690 – Télécopieur : (514) 334-8395
Courriel : ed.tisseyre@erpi.com

Prologue

Je suis née dans la voiture du célèbre reporter, Pierre Sauer. En y faisant son nid pour protéger ses bébés à naître des griffes d'une meute d'horribles chats, ma mère, Christophine Després, allait, sans le savoir, sceller mon destin.

Douillettement installée dans notre nid familial sous le capot de la voiture, j'ai parcouru, pendant mes premières semaines d'existence, des distances peu communes pour une souricette. C'est là que je pris conscience de ma nature curieuse et de mon goût de l'aventure.

Chaque fois que je risquais un museau inquisiteur hors de la voiture, je découvrais un paysage nouveau. Ici, un parc de stationnement urbain où s'étalaient à perte de vue des rangées de voitures sagement alignées. Là, une ruelle inquiétante et sale, exhalant le parfum tenace de félins en chasse. Là encore, d'immenses étendues d'eau, de vertes forêts, des champs de blé aux reflets dorés, des bandes infinies d'asphalte ou de béton et des cités mystérieuses où il me tardait de m'aventurer.

Les voyages forment la jeunesse, dit-on avec raison. Dans mon cas, ils allaient aussi m'ouvrir les portes de ma future profession.

Je ne le savais pas encore, mais à l'instar de Pierre Sauer, j'allais, moi aussi, devenir une célèbre journaliste.

1

La crise

À une heure où les huit chats de la maisonnée ronflaient encore, recroque-villés pêle-mêle dans le grand lit en plumes de Gertrude Sauerkraut, une camionnette sillonnait la campagne pour distribuer chaque dimanche une copie du *Courrier de Villechou* à tous les rési-dants des environs. L'oreille fine de Cen-drine captait le son du camion bien avant que celui-ci ne soit visible au bout du chemin. Grimpant à l'étage et empruntant

la chatière au bas de la porte de cuisine, elle se précipitait alors dehors.

Postée au pied de la boîte aux lettres, elle guettait l'arrivée du camion avec impatience.

Pendant que le livreur ouvrait la boîte aux lettres de madame Sauerkraut pour y déposer le Courrier de Villechou, monsieur Caldo de Savoie en personne, propriétaire, éditeur, rédacteur en chef, unique journaliste et livreur de *Choux Gras*, sortait discrètement de sa cachette sous la camionnette pour lancer à Cendrine une de ses feuilles de chou hebdomadaires.

Il ne fallait surtout pas louper le tir, car les corbeaux voraces n'en auraient fait qu'une bouchée.

Sitôt son trésor entre les pattes, Cendrine revenait au nid en courant et commençait sa lecture. Elle raffolait des potins sur les souris de la campagne environnante et, surtout, sur celles du village. Elle les lisait et les relisait tous les jours, jusqu'à la réception de la nouvelle édition du dimanche suivant. Toutes les semaines, *Choux Gras* livrait son petit scandale : chicanes de clôture ; affaires de mœurs ; dénonciation de commerçants ratoureux (la plupart des commerces étaient tenus par des rats à Villechou) ; ou magouilles sordides des chats pour mieux martyriser les souris. L'hebdomadaire du petit village accordait aussi une bonne place aux événements mondains, ainsi qu'aux notables et aux célébrités locales, dont il faisait bien sûr, ses choux gras.

— Mamaaaaan !! Cimon m'a encore piqué mon journal. J'en ai plus qu'assez ! Dis-lui de me le rendre immédiatement et de me laisser tranquille !

Cendrine était furibonde. Depuis que sa famille avait quitté la voiture de Pierre

Sauer pour s'installer dans le sous-sol de la maison de campagne que ce dernier partageait maintenant avec madame Sauerkraut, sa vieille mère, la guerre était perpétuelle entre Cendrine et ses frères.

Friande de voyages, elle avait dû abandonner, la mort dans l'âme, le nid roulant qui avait pourtant décimé une partie de sa famille. Trois de ses frères y avaient péri de manières plus atroces les unes que les autres. Le premier avait été éjecté à cent kilomètres à l'heure dans le fossé inondé d'une route de campagne. Le deuxième s'était littéralement envolé en fumée après un séjour par trop prolongé sur le moteur brûlant. Le troisième, enfin, avait été écrasé par la force centrifuge contre la jante d'une des roues de la voiture en marche.

De l'avis de sa mère Christophine, la vie domestique était un bien moindre mal que celle de nomade, malgré une cohabitation forcée avec huit chats. Mais pour une souris éprise de liberté comme Cendrine, c'était l'enfer. Les félins régnant en rois et maîtres sur la maison, il lui était pratiquement impossible de sortir de son trou, aménagé dans un mur du sous-sol, entre le cellier et la salle des fournaises. Sa famille et elle étaient, certes, confortablement logées et grassement nourries, le cellier regorgeant de victuailles de toutes sortes, mais il n'y avait strictement rien d'intéressant à faire.

Pour tromper son ennui et s'évader de sa prison, en pensée du moins, Cendrine avait toujours le museau plongé dans le *Choux Gras* de la semaine, dans un quelconque bouquin dérobé aux humains ou dans un petit carnet sur lequel elle s'exerçait à écrire des articles fictifs, rêvant d'en rédiger un jour de vrais.

Ses frères Cimon et Cylvain, comme tous les souriceaux mâles de leur âge, ne pensaient qu'à s'amuser et à jouer des tours pendables à leur grande sœur, trop sérieuse à leur goût.

— Cimon, combien de fois va-t-il falloir te dire de laisser ta sœur en paix. Rends-lui immédiatement son dû, gronda Christophine.

— Tiens, le voilà, ton journal! répliqua Cimon de mauvaise grâce en lui tendant un feuillet en lambeaux. De toute façon, il commence à puer ton *Choux Gras*!

En voyant son trésor réduit en bouillie, Cendrine ne put retenir davantage les larmes de rage qui la submergeaient. Le trop-plein des derniers mois de sa vie cloîtrée jaillissait à grands flots !

— Ces deux idiots n'ont aucun respect pour mes affaires ! Regarde ce qu'ils ont fait ! Est-ce que je brise les leurs, moi ?

Les vannes étaient ouvertes et un déferlement incontrôlable de paroles s'échappait de la bouche de Cendrine.

— On s'ennuie à mourir ici ! Vous pensez que c'est une vie que de ne jamais voir personne d'autre que vous trois, chiper de la nourriture aux humains, s'empiffrer, dormir et recommencer la même chose le lendemain ? criait-elle entre deux hoquets. Vous trois, ça vous suffit peut-être, mais moi, je n'ai pas parcouru le monde pour me retrouver enfermée ici pour le reste de mes jours !

Cimon et Cylvain se regardaient, mal à l'aise devant cet esclandre qui n'avait à leurs yeux aucune commune mesure avec le simple tour qu'ils lui avaient joué. Franchement, elle exagérait, Cendrine. N'étaient-ils pas parfaitement heureux, disposant de toutes les commodités souhaitables pour des souris ? Que pouvait-elle bien vouloir de plus ?

C'était aussi ce que pensait Christophine au même moment. Lasse des périples mouvementés en voiture, elle appréciait le confort paisible de son foyer douillet, entourée des siens.

— Je n'en peux plus de cette vie, j'étouffe maman ! J'ai besoin d'air et d'espace, trépignait Cendrine.

Puis, relevant bien haut ses oreilles en signe de défi, elle ajouta sur un ton sans appel :

— Je vous quitte, même si je dois pour cela me battre contre tous les chats de la terre. C'est décidé, je retourne vivre dans la voiture.

Au fond d'elle-même, Christophine savait que cette issue se préparait. Cendrine multipliait les crises depuis trop longtemps déjà pour qu'elle ne s'en surprenne. Sachant cela, elle n'osa pas s'opposer trop fort à la volonté de sa fille, mais un peu quand même, pour la forme.

— Voyons, Cendrine, pense au sort qu'ont connu tes frères ! Ou bien le monstre aura ta peau, à toi aussi, ou bien tu mourras de froid cet hiver. Je ne peux pas te laisser faire !

— N'essaie surtout pas de m'en em-
pêcher, répliqua la souricette d'un ton
farouche. Et puis, ajouta-t-elle, baissant
le ton, comme pour se convaincre elle-
même, je trouverai bien un coin sécuri-
taire pour m'installer. C'est grand, une
automobile !

— Si tu y tiens à ce point, vas-y !
Mais ne viens surtout pas te plaindre si
ça tourne mal !

Ces dernières paroles avaient coûté
un effort terrible à Christophine. Les
larmes brouillaient ses petits yeux noirs.
Dans son cœur, elle aurait préféré garder
sa grande auprès d'elle pour la préserver
de tous les dangers. Mais il était plus
que temps que Cendrine prenne en main
sa courte vie de souris.

— Ne t'inquiète pas, maman, lui dit
Cendrine en remarquant les yeux hu-
mides de sa mère. Je serai prudente. Si
je ne trouve pas un refuge convenable
dans la voiture, je reviendrai à la maison. Promis !

2

Le déménagement

Le soir même, Cendrine embrassa sa mère et ses frères et quitta son trou à pas de loup, n'emportant que quelques effets de première nécessité.

«Je suis enfin libre!» s'écria Cendrine en sortant de la maison.

Heureusement, les chats sont au lit pour la nuit avec leur maîtresse et la porte de la chambre est bien fermée.

Cendrine explora de fond en comble la vieille voiture. Pas question pour elle de réintégrer le nid sous le capot. Témoin des accidents de ses frères, elle savait l'endroit dangereux. L'habitacle des passagers n'était pas non plus un choix possible. Pierre Sauer aurait tôt fait de détecter sa présence. Restait le coffre arrière, qu'elle s'empressa de visiter.

Quelle aubaine! Un plein sac de graines de tournesol, de croustilles et de noix (les réserves de voyage de Pierre) y traînait encore, comme au temps de sa petite enfance. Mais dans ce grand espace dégagé, il lui serait bien difficile de rester longtemps invisible aux humains. Elle remarqua alors trois entailles formant un « u » en plein centre du tapis qui recouvrait le fond du coffre. En relevant un des coins, elle découvrit une trappe en contreplaqué mince, surmontée d'un anneau de métal.

« Que peut-il bien y avoir là-dessous ? » se demanda-t-elle.

Elle eut beau tirer de toutes ses forces, il lui fut impossible de soulever la trappe. Elle se résigna alors à employer une méthode propre à sa race et se mit à ronger un coin du contreplaqué avec la plus grande détermination.

Au bout de quelques heures, elle avait réussi à dégager un espace suffisant pour s'y faufiler avec aisance. Elle se retrouva dans le compartiment de la roue de secours, heureusement vide de son habituel contenu. L'espace circulaire était assez vaste pour y loger toute une famille. Le sol de métal était froid, plein de rainures et de trous, et elle faillit s'y briser les pattes plus d'une fois.

« Une fois les trous bouchés, ce sera parfait comme logis », se dit Cendrine, toute fière de sa découverte. Elle s'en fut en trottinant vers la remise de madame Sauerkraut, à la recherche d'objets utiles pour meubler son intérieur.

Un vrai capharnaüm, cette remise ! Des boîtes partout, empilées pêle-mêle, d'où sortaient des montagnes de livres, de journaux et de revues, des retailles de tissu, des accessoires de couture, de vieux appareils ménagers, des bouts de bougies et des jouets d'enfants. « Il y a vraiment tout ce qu'il faut ici pour meubler un village entier, pensa Cendrine. Dommage qu'il y ait autant de chats ! »

Elle assembla quelques objets dans un coin : une table et une chaise ayant appartenu à une maison de poupée, un morceau de carpette fleurie pour recouvrir le sol de son logis, une corbeille en osier pour s'en faire un lit, une pochette de tissu remplie d'ouate en guise de matelas, un bout de chandelle, une boîte d'allumettes en guise de commode et une armoire rose et blanc sur laquelle était inscrit le mot « Barbie ».

Elle chargea son butin dans un vieux camion jaune à batteries dont elle saisit la télécommande. Elle appuya sur le bouton rouge de la manette. Miracle ! Le camion avança de quelques centimètres.

Elle hissa la télécommande sur le toit de la cabine du camion et elle y grimpa à son tour. Manœuvrant comme une pro la télécommande, elle atteignit sans trop de peine la voiture, garée à sa place habituelle. Elle déchargea le précieux contenu du camion dans les plates-bandes de potentilles tout près, à l'abri des regards des humains.

Il lui fallut plusieurs nuits de dur labeur pour transporter tous les meubles dans son repaire, empruntant divers chemins pour arriver au compartiment de la roue de secours, agrandissant patiemment de ses dents et de ses griffes l'étroit passage menant à son logis.

À regret, il lut fallut abandonner l'armoire rose et blanc qui ne passait nulle part. Elle resta là, dans le massif de potentilles, juste à côté du camion jaune. Madame Sauerkraut fut d'ailleurs très surprise de les découvrir quelques semaines plus tard, en nettoyant ses plates-bandes en prévision de la saison froide.

Bien installée dans sa maison mobile, Cendrine, pour sa part, était enfin prête à parcourir le vaste monde.

3

Déception

Les choses ne se présentaient pas du tout comme Cendrine l'avait prévu. Ce grand dadais de Pierre Sauer faisait-il exprès de la contrarier ? Depuis quelque temps déjà, celui-ci avait temporairement abandonné sa vie trépidante de reporter. Pour tout déplacement, il ne faisait plus que l'aller-retour entre la maison et le village de Villechou, reconduisant chaque matin sa mère à l'usine de choucroute, fondée bien des années plus tôt par son père.

Au décès de son mari, Gertrude Sauer-kraut avait repris les rênes de l'entreprise, en dépit de ses vieux os et d'une cataracte qui l'empêchait pour un temps de conduire. La vieille dame aurait bien voulu que l'un de ses enfants se porte volontaire pour assurer la relève, surtout Pierre, son fils préféré.

Or, bien déterminé à ne jamais planter des choux comme son père, encore moins à fabriquer de la choucroute toute sa vie selon la recette ancestrale, ce dernier avait rapidement choisi la carrière de journaliste. Ses sœurs aussi s'étaient exilées, le plus loin possible, pour éviter de succéder à leurs parents. Pierre avait donc débuté sa carrière au *Courrier de Villechou*, comme il se doit pour un natif du coin.

Au moment de faire le saut dans un vrai journal, il s'était empressé de se départir du gênant patronyme qui lui avait valu maints sobriquets au cours de son enfance villechoutoise. Combien de fois, en effet, s'était-on payé sa « tête de pierre », qui était le nom commun de la variété de choux employée par ses parents pour la fabrication de leur chou-croute. Selon la raison qui justifiait l'insulte, son nom de famille se transformait en kraut-kraut, choucroute, chouchou, vieille croûte, chou sur et bien d'autres encore qu'il avait oubliés.

Pour couper définitivement avec ses racines potagères et ses mauvais souvenirs, il signait maintenant ses articles sous le nom de Pierre Sauer, tout simplement.

Bref, malgré toutes les cajoleries et les supplications de sa mère, il n'avait pas cédé. Ménageant la chèvre et le chou, il lui avait toutefois fait une seule concession. Étant sans attaches, il acceptait de revenir à la maison natale, jusqu'à ce qu'elle subisse son opération pour la cataracte. Après quoi, il verrait.

Cet apparent sacrifice n'était d'ailleurs pas totalement désintéressé. Son statut de reporter syndiqué lui permettant de prendre une année sabbatique, il allait en profiter pour réaliser un vieux projet toujours ajourné : écrire un livre.

C'est ainsi qu'il passait le plus clair de ses journées au téléphone ou devant son ordinateur, derrière la fenêtre du salon. Cherchait-il l'inspiration dans le paysage champêtre qui se déployait sous ses yeux ?

De l'extérieur, Cendrine pouvait au moins l'observer tout à son aise, à dé-faut de trouver un moyen de le faire bouger.

4

Une panne providentielle

Le dimanche suivant, Cendrine se posta dès le lever du jour sous la boîte aux lettres.

Comme à l'accoutumée, la camionnette de livraison du *Courrier de Ville-chou* s'arrêta devant la maison de madame Sauerkraut. Pendant que le livreur déposait le journal dans la boîte aux lettres des humains, monsieur Caldo de

Savoie lança le sien, sans prêter la moindre attention à la jeune Cendrine. Il était bien trop pressé de remonter dans sa cachette pour la remarquer !

Mais lorsque le livreur voulut repartir, le moteur de la camionnette s'étouffa. L'homme eut beau tourner la clé dans le contact et appuyer à fond sur l'accélérateur, le véhicule refusait de démarrer. Contrarié par ce contretemps, il se mit à fouiner sous le capot. Mais le pauvre n'y connaissait strictement rien ! En désespoir de cause, il se résigna à aller frapper à la porte de la maison pour appeler le garagiste.

— Mais qu'est-ce qu'il fait ce livreur ? se demandait Caldo de Savoie, qui s'impatientait dans sa cachette.

— J'ai bien peur que vous ne soyez coincé ici pour un petit bout de temps, lui répondit Cendrine. J'ai entendu le livreur dire que le garagiste n'arriverait pas avant dix heures.

— Ce n'est vraiment pas de chance, j'ai beaucoup trop à faire pour perdre mon temps comme ça ! Mon seul après-midi de repos de la semaine est fichu.

Monsieur de Savoie, vêtu de son habit du dimanche - un complet de laine grise, une chemise blanche et une cravate à pois rouge et noir – suait déjà à grosses gouttes en ce début de septembre inhabituellement chaud. Il confia à Cendrine à quel point il était difficile d'être à la fois propriétaire, éditeur, rédacteur en chef, journaliste et livreur d'un journal comme *Choux Gras*. Il détacha sa veste et s'épongea le front avec le revers de sa cravate, révélant son ventre rebondi.

— Je n'ai pas une minute à moi ! gémit-il, presque à bout de souffle. Toujours à galoper d'un événement à l'autre, à chercher les nouvelles, à superviser mes ouvrières et mon imprimeur, à rencontrer les heures de tombée et à faire les livraisons. Je suis bien trop vieux pour continuer à tout faire ! Je pense bien que je vais fermer le journal.

— Vous n'y pensez pas, monsieur ! *Choux Gras* est trop important pour les souris de Villechou. Moi-même, je ne pourrais pas m'en passer.

— C'est bien gentil de me dire ça, ma petite, mais la vérité, c'est que je n'ai plus l'énergie pour courir les événements du village de Villechou.

Cendrine réfléchissait à toute allure. C'était peut-être l'occasion pour elle de réaliser son rêve ! « Allez, vas-y ! C'est la chance de ta vie, se dit-elle. Tu n'as peut-être pas d'expérience, mais tu sais écrire, tu es curieuse, débrouillarde et pleine d'énergie. Ose ! Qu'est-ce que tu as à perdre ? »

— Monsieur de Savoie, n'avez-vous jamais pensé à prendre une stagiaire à votre journal ? lui souffla Cendrine d'une voix timide.

— Une quoi ?

— Une stagiaire. Vous savez, une sorte d'apprentie à qui vous apprendriez les ficelles du métier et qui, en retour, s'occuperait des tâches qui vous fatiguent. J'aimerais bien, moi, courir les événements pour vous. Et ça fait des mois que je m'exerce à écrire des articles comme les vôtres, ajouta-t-elle d'une voix presque inaudible.

— Hum...

Monsieur de Savoie resta songeur pendant plusieurs longues minutes.

Cendrine n'osait pas briser le silence. Il s'était assis sur un caillou en bordure de la route, plongé dans une profonde réflexion. Il se grattait la tête et gesticulait, comme s'il était en pleine conversation avec lui-même. Cendrine trottinait de long en large devant lui, mais il fuyait son regard. Elle ne savait pas trop quoi faire. Peut-être avait-elle été trop audacieuse.

«Il n'ose pas me dire que je suis une pauvre petite souris naïve et idiote», pensait-elle. Le silence de monsieur de Savoie lui était plus pénible qu'un refus direct. Elle se sentait ridicule et les larmes lui montaient aux yeux.

Cendrine n'eut pas le temps de poser une deuxième fois sa question. Le garagiste arrivait au volant de sa dépanneuse. Caldo de Savoie sauta à toute vitesse dans sa cachette sous la camionnette, pendant que le livreur sortait de la maison.

— Merci, monsieur Bazou, d'être venu aussi vite. Ce satané tacot ne veut

plus démarrer. Il serait temps que le propriétaire du *Courrier de Villechou* songe
à le remplacer.

À peine eut-il ouvert le capot que le
garagiste trouva le bobo. Prenant le ciel
à témoin, monsieur Bazou prit un air
supérieur et dit :

— Ce n'était qu'un fil débranché.
Vous auriez pu régler ça vous-même. Ce
sera trente dollars pour le dérangement.

Rouge de honte, le livreur empocha
la facture du garagiste en grommelant.
Il monta à bord et démarra prudemment, se jurant bien de prendre des
cours de mécanique automobile.

Cendrine réalisait maintenant qu'elle
allait manquer sa chance. Il lui faudrait
attendre jusqu'au dimanche suivant
pour parler de nouveau à monsieur de
Savoie. Et encore ! Il était peu probable
qu'il puisse l'écouter, car, normalement,
la camionnette ne s'arrêtait que le temps
de déposer le *Courrier de Villechou* dans
la boîte aux lettres. Elle se secoua en se

disant: «Ne lâche pas maintenant, fonce!»

La petite souris se mit à courir à toutes pattes derrière la camionnette.

— Monsieur de Savoie, monsieur de Savoie, que pensez-vous de mon idée?

Se servant de ses pattes de devant comme d'un porte-voix, il lui cria:

— Viens au village demain matin. Je te prends à l'essai.

Cendrine ne pouvait en croire ses oreilles pointues. Elle avait eu raison d'insister. Autrement, elle aurait laissé filer une chance inespérée.

La camionnette s'éloignait en prenant de la vitesse. Comme dans un rêve, elle entendit à peine monsieur de Savoie ajouter :

— … deuxième arrêt… entrée du village… garage du *Courrier*… sois à l'heure… pas de temps à perdre…

5

Visite à
Choux Gras

Dès qu'elle vit apparaître le village par l'un des nombreux petits trous de rouille de la voiture de Pierre, Cendrine se faufila jusqu'au pare-chocs arrière de la voiture. Au deuxième arrêt, après l'entrée du village, comme le lui avait dit monsieur de Savoie, Cendrine sauta dans la rue, le cœur battant. La peur de croiser un vilain matou se mêlait à l'excitation d'avoir obtenu son premier emploi. Elle renifla prudemment l'air ambiant. Pas la moindre odeur de chat dans les parages.

Un aboiement puissant et caverneux se fit entendre. Levant les yeux à la hauteur du trottoir, elle aperçut un énorme bouledogue à la gueule féroce. «Pas surprenant qu'il n'y ait pas de chats dans le coin», pensa-t-elle.

Monsieur de Savoie avait bien choisi son emplacement pour les bureaux de *Choux Gras*. Derrière la niche du gros bouledogue, une grande affiche annonçait le *Courrier de Villechou*. À hauteur de souris, en tous petits caractères, on pouvait aussi lire : *Choux Gras*, suivi d'une flèche pointant en direction du garage. Cendrine grimpa sur le trottoir et se dirigea vers le garage, surveillant le bouledogue d'un œil craintif. Celui-ci l'interpella, d'une voix étrangement douce pour un chien aussi imposant :

— Tu dois être Cendrine ?

— Oui, monsieur.

— Toutes mes félicitations ! C'est très rare que le vieux bougon accepte de partager ses secrets. Je ne sais pas ce que tu lui as fait, mais ça semble avoir marché !

— Je n'ai rien fait de spécial, avoua-t-elle. Je pense que je l'ai tout simplement rencontré au bon moment.

— Bonne chance, alors! Tu verras qu'il n'est pas toujours commode. S'il te fait la vie dure, n'hésite pas à venir me voir.

— Merci, vous êtes bien aimable.

Cendrine n'en revenait pas. Ce boule-dogue effrayant était d'une grande gentillesse. Christophine avait bien raison de dire qu'il ne fallait pas se fier aux apparences!

Cendrine arriva enfin à une petite porte surmontée d'un écriteau, sur lequel on pouvait lire: « *Choux Gras*, l'hebdomadaire des souris d'ici ».

Elle frappa timidement. Pas de réponse. Elle frappa de nouveau, plus fort cette fois. Toujours rien. Elle mit la patte sur la poignée et la tourna. La porte s'ouvrit sur un garage immense. C'était une grande pièce rectangulaire divisée en deux parties. La première, qui faisait face à une gigantesque porte vitrée, s'élevait jusqu'à un toit pointu en tôle. La camionnette de livraison du *Courrier de Villechou* et une vieille voiture toute rouillée en occupaient tout l'espace.

Une voix humaine s'éleva tout à coup. Cendrine se figea de terreur. Elle savait à quel point les humains pouvaient être dangereux avec leurs balais, leurs trappes et leurs poisons ! Mais le livreur du *Courrier de Villechou*, la tête sous le capot de la camionnette, était bien trop absorbé par la lecture à voix haute de son manuel de mécanique pour faire attention à elle. Cendrine se camoufla de son mieux pour poursuivre son examen des lieux.

L'autre partie du garage était surmontée d'un plafond bas. Un fouillis indescriptible y régnait : de vieilles pièces d'équipement de métal rouillé s'entassaient pêle-mêle avec des piles et des piles de vieux journaux jaunis. L'étage supérieur, une sorte de grenier, était ouvert sur le reste du garage.

Sur une poutre horizontale dudit grenier, elle aperçut Caldo de Savoie qui lui faisait de grands signes. Silencieusement, il lui indiquait le chemin à suivre pour arriver jusqu'à lui.

— Bonjour, lui dit-il à voix basse lorsqu'elle arriva à sa hauteur. Je n'avais pas prévu qu'il serait là, lui, aujourd'hui. Il ne vient que le dimanche d'habitude !

Heureusement que tu n'as pas frappé trop fort. Il aurait pu nous découvrir.

— Je ne ferai pas de bruit, promis, chuchota Cendrine.

— Viens dans mon bureau, nous serons plus tranquilles pour parler.

Le bureau de monsieur de Savoie offrait une vue imprenable sur les installations du journal et sur le garage tout entier. Il était situé à la jonction de la poutre centrale et du toit, sur une petite plate-forme de métal. De là-haut, monsieur de Savoie pouvait aisément surveiller ses employés, qui s'activaient dans l'atelier et l'entrepôt.

— Bienvenue à *Choux Gras*, Cendrine. J'espère que tu te plairas ici. Vois-tu, ta proposition ne pouvait mieux tomber. Je n'ai pas eu de souriceaux et je me posais justement des questions sur l'avenir du journal. Tu me sembles avoir toutes les qualités requises pour faire une bonne journaliste.

— Merci, monsieur. Je vais faire tout mon possible pour ne pas vous décevoir.

— Mais avant de parler métier, je pense qu'il est important que tu comprennes comment se fait un journal ici.

J'espère que tu n'es pas pressée. Il y a beaucoup à apprendre.

— Je suis à votre disposition. Je devrai juste vous quitter vers dix-sept heures pour retourner chez moi. Vous savez, je vis maintenant dans la voiture du fils de madame Sauerkraut, qui habite là où nous nous sommes rencontrés hier. Il revient au village à cette heure tous les jours.

— Très bien. Aujourd'hui, donc, je vais surtout te montrer comment on fabrique la matière première de notre journal.

6

L'usine à papier

Caldo de Savoie expliqua à Cendrine que, si les souris égyptiennes avaient leur papyrus, les souris chinoises leurs feuilles de riz et les amérindiennes leurs écorces de bouleau, les souris de Villechou, elles, pouvaient compter sur la ressource principale de la municipalité de Villechou : les choux !

— L'approvisionnement en choux est inépuisable à Villechou. Les choux de Villechou sont les meilleurs au monde, et c'est moi qui ai développé la méthode pour en transformer les feuilles en papier journal, confia-t-il avec fierté à sa protégée.

Choux Gras n'utilisait pas n'importe quelles feuilles de choux pour son édition hebdomadaire! Il fallait, bien sûr, éviter les choux de Savoie, leurs feuilles ridées rendant le travail de lissage beaucoup trop difficile. Les choux rouges, beaucoup trop colorés, ne faisaient pas l'affaire. Les choux de Bruxelles étaient bien trop petits, alors que les côtes larges et épaisses des choux chinois les éliminaient d'emblée. Les meilleures feuilles de choux étaient celles issues du chou blanc cabus, appelé aussi « tête de pierre ». L'encre noire tenait bien sur les feuilles lisses, et à peine teintées de vert, de ce crucifère.

Monsieur de Savoie conduisit Cendrine dans l'atelier de traitement des feuilles de chou.

— Tu vois, dit-il, les ouvrières doivent d'abord aplatir les veines et les plis des feuilles de choux avec ce gros rouleau. Ensuite, elles les découpent en rectangles bien égaux de trois centimètres par six. Puis elles font des piles bien droites, entreposées dans ce coin jusqu'à l'étape de l'impression.

— Et combien en produisent-elles chaque semaine ? demanda Cendrine.

— Deux cents feuilles. Pas une de plus, car elles ne se conservent que quelques jours.

Il se garda bien de le dire à Cendrine, mais il en avait fait la pénible découverte plusieurs années auparavant, lorsqu'il avait embauché des douzaines de souriceaux pour une bouchée de pain. Les petits bouts de chou avaient accumulé des centaines de belles piles bien droites et bien égales. Plus de dix mille feuilles de choux cueillies, traitées et empilées en un temps record et à peu de frais. De quoi produire les journaux de toute une année. Caldo de Savoie était bien fier de lui, mais ses ouvrières régulières, qui avaient perdu leur emploi, le regardaient de travers.

Cependant, au bout d'une dizaine de jours, une odeur épouvantable avait commencé à se répandre dans le garage. En y regardant de plus près, Caldo avait constaté que les feuilles de chou étaient collées les unes aux autres par une mousse grisâtre et qu'un liquide visqueux et malodorant s'écoulait des piles bien droites.

Sa brillante idée ayant fait chou blanc, il avait dû organiser une grande corvée, suppliant à genoux ses anciennes employées de venir l'aider à débarrasser l'atelier de son contenu pourri. Mais l'odeur lui avait collé aux poils pendant des semaines. Bien fait pour lui!

— Nous n'aurons pas le temps d'aller aux champs aujourd'hui pour voir les cueilleuses, continua monsieur de Savoie. Je vais donc te résumer comment ça se passe.

Il lui expliqua que les cueilleuses travaillaient dans les champs en été et, le reste de l'année, dans l'entrepôt à température contrôlée du plus gros ma-

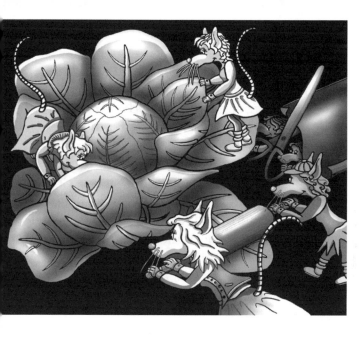

raîcher de Villechou. Une cueilleuse
soulevait avec précaution les feuilles
extérieures des choux, pendant qu'une
autre se faufilait à l'intérieur pour y dé-
tacher avec ses dents les feuilles les plus
blanches, les plus tendres et les plus
lisses.

— Villechou est d'ailleurs célèbre
pour ses spécimens de choux qu'on ne
trouve nulle part ailleurs, ajouta-t-il en
riant.

— Ah oui, quelle sorte de choux?

— Des choux blancs, légers comme
des ballons! Les enfants humains se les

47

arrachent pour jouer avec! En les agitant, on sent le mouvement d'une boule à l'intérieur. C'est le cœur du chou qui a été détaché du reste par mes habiles cueilleuses!

Cendrine éclata de rire à son tour.

— Le maraîcher se doute-t-il que des souris y sont pour quelque chose?

— Bien sûr que non! Il est persuadé que c'est une anomalie génétique. Il a en a même expédié un spécimen à un agronome réputé il y a déjà plusieurs années.

— Et puis?

— Et puis, rien. Le maraîcher attend toujours. Le spécialiste n'a pas trouvé d'explication dans les gènes du chou, et pour cause.

Caldo de Savoie passa le reste de la journée à faire visiter à Cendrine les moindres recoins du journal, sauf une pièce fermée, dont la porte demeurait verrouillée en permanence. Cendrine n'osa pas demander ce qui se trouvait derrière. «C'est sans doute la pièce dans laquelle il cache les recettes du journal», croyait-elle.

Caldo lui raconta aussi ses longues années à la tête de *Choux Gras*. Il était intarissable sur le sujet, mais Cendrine devenait moins attentive. Il y avait tant de choses nouvelles à apprendre, pour une petite souris comme elle, en une seule journée !

— Allez, c'est assez pour aujourd'hui, lui dit-il, réalisant que Cendrine ne pourrait plus en absorber davantage. Il se fait tard. Il ne faudrait pas que tu loupes ta voiture.

— Merci, monsieur. C'était une première journée fantastique !

— À demain, alors.

— Comptez sur moi. J'ai déjà hâte de revenir.

En sortant, Cendrine croisa de nouveau le bouledogue.

— Vous vous êtes sans doute trompé sur le compte de monsieur de Savoie, lui dit-elle. Il est très gentil.

— C'est peut-être parce qu'il vieillit, le bougre ! Tant mieux pour toi si son vilain caractère s'adoucit.

Cendrine se demanda pourquoi monsieur de Savoie avait une si mauvaise réputation auprès du bouledogue.

« Enfin, il est aimable avec moi. C'est tout ce qui compte », pensa-t-elle.

— À demain, lança-t-elle au chien en grimpant dans sa maison mobile qui s'était justement immobilisée au panneau ARRÊT du coin de la rue.

Le bouledogue répondit à son salut par un triple *ouaf* sonore, qui fit sursauter madame Sauerkraut, assise à côté de Pierre dans la voiture.

7

La source

L'apprentissage de Cendrine allait bon train. Elle accompagnait monsieur de Savoie dans tous ses déplacements au village pour couvrir les nouvelles. Du bureau du maire à celui du notaire, en passant par le propriétaire du magasin général et la responsable des loisirs, la souricette rencontra toutes les souris importantes du village. Elle fut même présentée à Chouchou de Bruxelles, dont la réputation de grande dame en intimidait plusieurs.

— Chère madame de Bruxelles, j'ai l'honneur de vous présenter ma nouvelle stagiaire, Cendrine. Vous l'accueillerez, je l'espère, comme vous m'avez toujours reçu. Et Cendrine, je te présente mon amie, Chouchou de Bruxelles. Madame de Bruxelles est la descendante de la plus ancienne famille de souris établie à Villechou. Elle connaît tout le monde et tout le monde l'adore. Elle est reçue dans les plus grands salons et sait tout avant tout le monde. Même si elle n'écrit aucun article elle-même, c'est la collaboratrice la plus importante de *Choux Gras*.

En effet, c'était immanquablement Chouchou de Bruxelles qui fournissait à Caldo de Savoie le nom des souris qui feraient la manchette de la semaine. Elle le mettait confidentiellement, il va sans dire, sur la piste pour mettre au jour les intrigues les plus juteuses.

— Mon cher Caldo, vous êtes un incorrigible flatteur, minauda madame de Bruxelles. Mais j'espère que la jeune Cendrine gardera notre petit secret pour elle, si vous voyez ce que je veux dire...

— N'ayez crainte, chère madame, je fais entièrement confiance à ma nouvelle collaboratrice.

Cendrine sourit d'aise à cette remarque, se demandant toutefois quel secret madame de Bruxelles voulait protéger.

Madame de Bruxelles prit alors son ami Caldo à part. Elle lui parla tout bas à l'oreille, pendant qu'il notait tout fébrilement dans son carnet, poussant à répétition des «oh!» et des «non!» faussement étonnés.

En sortant de chez elle, monsieur de Savoie confia à Cendrine qu'elle ne devrait jamais trahir cette importante source, sous aucun prétexte.

— Chouchou de Bruxelles possède les informations les plus fiables de Villechou, mais elle ne veut surtout pas que les villageois sachent que c'est elle qui me donne des tuyaux. Tout le monde doit continuer à penser que c'est notre flair de journalistes qui nous guide et rien d'autre. Ce sera notre secret, n'est-ce pas, Cendrine?

— Je comprends. Ça fait partie du métier de journaliste de protéger ses sources.

— Tout à fait, ma petite.

Cendrine était également présente lorsque son patron recevait la visite des nombreux villageois qui venaient chaque semaine lui raconter un fait divers ou lui confier le texte d'une annonce. Elle l'observait en silence, remarquant qu'il prenait des notes minutieusement et qu'il promettait à chacun de lui accorder, bien entendu, la meilleure place dans son journal.

— Comment allez-vous faire pour mettre dans le journal tout ce que les gens vous ont confié cette semaine, demanda Cendrine le jeudi midi de sa première semaine. Vous en avez déjà pour des pages et des pages !

— En effet, je ne pourrai pas tout écrire. Ce soir, je vais coiffer mon chapeau de rédacteur en chef. Je ferai le tri dans tout ça et je déciderai du contenu final du journal de dimanche.

Le jeudi soir, en effet, le vieux pro rassemblait toutes ses notes. Il les lisait, en classait certaines dans une chemise marquée « prochain numéro », en jetait quelques-unes, en raturait d'autres. Il replaçait les notes restantes dans l'ordre qui lui semblait le meilleur possible.

Au moment de se mettre au lit, Caldo de Savoie avait en tête le contenu exact de sa nouvelle édition du dimanche. À la virgule près!

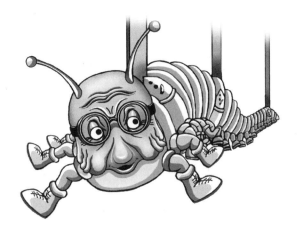

8

L'atelier de Gutenberg

Lorsque Cendrine se présenta au bureau le matin de son cinquième jour de stage, monsieur de Savoie l'accueillit avec un large sourire.

— Aujourd'hui, Cendrine, c'est le grand jour ! C'est le vendredi que le journal prend forme, grâce à la magie de mon fidèle ami Gutenberg. Viens que je te le présente. C'est un être exceptionnel.

Avec fierté, Caldo ouvrit alors la seule porte que nul n'avait encore franchie en sa présence depuis l'arrivée de Cendrine au journal en début de semaine.

Quelle ne fut pas sa surprise d'y découvrir un mille-pattes, suspendu dans les airs au-dessus d'une table! Trois ceintures retenaient le pauvre myriapode à un dispositif imposant fait de tiges de métal, de poulies et de chaînes. Le monstrueux appareil était monté sur des roulettes. Le mille-pattes pendait misérablement au-dessus d'un grand bac rempli d'un liquide noir et poisseux, qui côtoyait une feuille de chou toute lisse et bien blanche posée sur la table.

À quelle torture monsieur de Savoie pouvait-il bien se livrer sur la pauvre bestiole? Le bouledogue avait-il finalement raison de prétendre qu'il était méchant? Cendrine s'attendait au pire. Elle en avait les pattes toutes molles.

— Mon cher Gutenberg, laisse-moi te présenter Cendrine, la nouvelle stagiaire du journal.

À ces mots, le mille-pattes releva la tête et agita ses antennes avec enthousiasme.

— Bienvenue au journal, Cendrine. Caldo m'a beaucoup parlé de toi ce matin pendant qu'il attachait mes sangles.

Cendrine était on ne peut plus perplexe. C'est que Gutenberg semblait apprécier sa drôle de position ! Ses grands yeux myopes pétillaient derrière d'énormes lunettes rondes cerclées de rouge. Il remuait de plus belle ses antennes, ondulant, de part et d'autre des trois sangles, chacun des vingt et un anneaux qui formaient son corps. Le moindre mouvement agitait aussi ses multiples pattes, toutes chaussées de bottines grises.

— Caldo n'a jamais accepté de montrer comment on imprime *Choux Gras*. C'est un grand privilège, tu sais ! Il doit avoir bien confiance en toi pour le faire.

Une fois de plus, le torse de Cendrine se gonfla d'orgueil. Le compliment lui fit immédiatement oublier sa récente méfiance à l'égard de son patron

— Cher vieux Gutenberg, il est plus que temps pour nous d'ouvrir la porte aux jeunes. Nous ne sommes pas immortels ! Il te faudra bien, toi aussi, apprendre tes secrets à un jeune mille-pattes.

— Ne t'en fais pas, Caldo, je suis encore en grande forme ! Cendrine le constatera d'elle-même très bientôt !

— Mais avant, Cendrine, laisse-moi t'expliquer la méthode d'impression Gutenberg.

La semelle de chacune des bottines de Gutenberg comportait un caractère typographique différent. Le génie de Gutenberg consistait à savoir exactement à quelle patte correspondait le caractère voulu. Mais, plus extraordinaire encore, son incroyable dextérité et sa rapidité étaient légendaires. En une seule journée, il imprimait les deux cents exemplaires de *Choux Gras*. Heureusement que le journal ne comptait qu'une seule feuille !

Ajoutant la démonstration à l'explication, monsieur de Savoie s'approcha du treuil.

— Es-tu prêt, mon ami ?

— Paré !

D'un tour de manivelle, monsieur de Savoie fit descendre Gutenberg vers le bac d'encre – car le liquide n'était finalement que de l'encre noire – jusqu'à ce que les semelles de ses mille bottines y trempent. Il le remonta ensuite de quelques millimètres pour que Gutenberg secoue le surplus d'encre. Après un autre tour de manivelle, il actionna un autre levier qui déplaçait lentement le mille-pattes en direction de la feuille de chou. Un autre petit tour pour le faire redescendre, et Gutenberg était fin prêt à commencer son travail.

Il inscrivit de lui-même le nom du journal et la date de parution tout en haut de la feuille. Quelques secondes plus tard, monsieur de Savoie commença sa dictée.

Le scribe absorbait chaque mot qu'il reproduisait sur la feuille de chou à la vitesse de l'éclair. Il s'exécutait en se tortillant avec frénésie pour ramener, une à une, les pattes des caractères requis au bon endroit sur la page. Au bout d'une douzaine de frappes à droite, de douze autres à gauche, de quelques sauts sur place et d'habiles contorsions pour déplacer ses pattes les plus éloignées du centre de son corps, Gutenberg complétait une ligne. Heureusement, il avait appris à enfiler ses bottines de sorte que les caractères les plus usuels se trouvaient toujours au centre de son corps. Un peu comme une machine à écrire, quoi.

Au bout de cinq minutes d'acrobaties délirantes, Gutenberg s'écria : « Encre ! »

Son comparse interrompit sa dictée et actionna la manivelle pour soulever Gutenberg et le tremper de nouveau dans son bain d'encre. Après quinze minutes de danse à claquettes frénétique sur une feuille de chou et trois trempettes dans la poisse, le premier exemplaire de *Choux Gras* était enfin terminé.

— Et voilà le travail, ma petite Cendrine ! Impressionnant, n'est-ce pas ? lui dit-il en épongeant le front et les lunettes de Gutenberg.

Hors d'haleine, celui-ci ne disait pas un mot.

— Laissons-le se reposer quelques minutes. Mes ouvrières prendront ensuite la relève pour le déplacer du bac d'encre à la feuille de chou et lui essuyer les lunettes !

Cédant la place aux deux ouvrières qui venaient d'entrer, les deux journalistes quittèrent la salle de typographie. Il ne restait plus à Gutenberg qu'à recopier les mêmes textes sur les cent quatre-vingt-dix-neuf autres exemplaires.

— Lorsque l'impression est terminée, continua monsieur de Savoie en retournant vers son bureau, les ouvrières suspendent les feuilles sur un fil de fer. Ensuite, elles les aspergent d'un fixatif pour faire tenir l'encre le plus longtemps possible. Le séchage à l'air libre dure toute la journée du samedi. Pour finir, nous chargeons les journaux sous le camion le dimanche matin, avant que le livreur du *Courrier de Villechou* n'en fasse autant avec les siens. Voilà qui complète le cycle de production de *Choux Gras*!

Cendrine était ébahie par la technique de production du journal et, surtout, par l'incroyable dextérité de Gutenberg. C'était sûrement là le summum du progrès en imprimerie!

9

Le froid s'installe

Un matin d'octobre, à son réveil, Cendrine remarqua une chose étrange : une fumée blanche lui sortait de la bouche lorsqu'elle expirait. Jusqu'ici, bien emmitouflée la nuit sous ses couvertures, elle n'avait jamais souffert du froid. Mais aujourd'hui, brrr ! C'était donc de cela que sa mère l'avait prévenue ! Inquiète du sort de sa fille, Christophine arrivait justement, couverte d'un poncho en laine. Cendrine n'avait pas encore osé sortir de son lit.

— Je te l'avais bien dit que tu ne pourrais pas tenir cet hiver. C'est la première fois que le mercure tombe sous zéro, mais ce sera encore pire d'ici quelques jours. Bientôt, le sol sera tout blanc et l'eau dans ta tasse deviendra dure comme de la roche. Si tu ne reviens pas vivre avec nous, tu mourras gelée !

Ce sombre verdict inquiéta Cendrine. Mais retourner vivre avec sa mère l'obligerait à rester enfermée comme avant. Si près de son but, il n'était pas question pour elle d'abandonner *Choux Gras* avant même d'avoir commencé à y écrire.

— Je vais réfléchir, maman. Il y a sûrement une autre solution.

Elle résolut de demander conseil à son patron dès son arrivée au journal.

— Prends toujours ça en attendant, lui dit sa mère en lui tendant un foulard, un bonnet et des mitaines qu'elle avait tricotés spécialement pour sa fille

Arrivée au bureau de *Choux Gras*, Cendrine exposa son problème à monsieur de Savoie.

— Tu n'as jamais entendu parler du chauffage central, lui demanda-t-il l'air surpris ? Y a rien de plus simple. Viens avec moi.

Il lui montra son propre appartement, installé dans la boîte à gants de la vieille voiture entreposée dans le garage du *Courrier de Villechou*.

— Il n'y a qu'à brancher un fil dans l'allume-cigare et le relier au radiateur. Un seul radiateur suffit dans un espace aussi restreint qu'un coffre à gant ou même un compartiment à roue de secours comme chez toi ! Il te suffira de trouver un fil assez long pour l'amener de l'allume-cigare jusqu'au coffre arrière de la voiture.

Monsieur de Savoie lui fit un croquis tout simple pour illustrer le principe de son système de chauffage, y compris le radiateur.

Ce soir-là, de retour à la maison, elle s'attela immédiatement à la tâche. Dans la remise de madame Sauerkraut, elle trouva tout de suite un long fil électrique, un connecteur et une fiche, une boîte de sardines vide, ainsi qu'un vieux grille-pain, dont elle détacha soigneusement un des éléments chauffants. Elle transporta le tout dans son logis, bien emmitouflée dans son foulard et sa tuque. Elle fixa l'élément dans la boîte de sardines et y relia le fil électrique. Prenant fermement l'autre bout du fil entre ses dents, elle se faufila successivement sous la banquette arrière, le tapis de sol, le siège du conducteur, le tapis du côté du conducteur, puis remonta jusqu'à l'allume-cigare. Elle tira dessus de toutes ses forces pour insérer la fiche qu'elle avait bricolée selon les instructions de monsieur de Savoie. Elle remit le bouton de l'allume-cigare par-dessus la fiche, ni vu ni connu. S'assurant que le fil était invisible à la vue des humains, elle refit le chemin inverse pour voir si sa nouvelle chaufferette allait fonctionner.

Miracle! L'élément s'était mis à rougir graduellement, dégageant une douce chaleur dans tout le logis. « Ça marche! exulta Cendrine, toute fière d'elle. Mon problème est réglé. Je serai toujours bien au chaud, même pendant les plus grands froids. »

10

Le Festival
du chou

La saison des récoltes du chou ap-
prochait à grands pas et avec elle, celle
du Festival annuel du chou de Villechou.
Tous les villageois s'y donnaient rendez-
vous. L'usine de madame Sauerkraut
était, bien sûr, le plus grand comman-
ditaire de l'événement.

Grand commandeur de l'Ordre des
kuulkappers (« coupeurs de choux », en

dialecte bruxellois) auquel sa famille appartenait depuis des générations, madame Sauerkraut intronisait, comme chaque année, un nouveau membre de la confrérie pendant le festival. Le plus gros producteur de chou de la région allait ainsi joindre l'illustre confrérie, pour autant qu'il réserve l'ensemble de sa production à l'usine de madame Sauerkraut. Ainsi le voulait la tradition à Villechou.

Madame Sauerkraut espérait aussi secrètement que son indécrottable célibataire de fils allait participer au célèbre kaling de Villechou, une variation du kaling écossais. Dans la version traditionnelle, tous les célibataires mâles assistant à un mariage prenaient part à une course au *kale* (chou, en écossais). Le premier qui atteignait la ligne d'arrivée et ramassait le chou était assuré de trouver une épouse dans un proche avenir. À Villechou, on profitait du festival pour faire revivre la coutume, les mariages y étant dorénavant chose rare. Au gagnant, on ne promettait plus une épouse, mais le soir du grand bal, il avait le privilège d'être le cavalier de la reine du festival.

Cette année encore, villageois et touristes seraient nombreux à participer aux différentes manifestations du Festival du chou : kaling de Villechou et cérémonie d'intronisation du nouveau kuulkapper, bien sûr, lancer du chou, concours du plus gros chou, concours de la meilleure soupe au chou, concours du plus gros mangeur de choucroute et surtout, grand bal de clôture du Festival du chou où la reine serait couronnée. Il va sans dire que les candidates au titre devaient obligatoirement être vêtues d'une robe confectionnée entièrement de feuilles de choux.

Les souris de Villechou n'étaient pas en reste et tenaient leur propre festival parallèle. Exception faite de Calvo de Savoie, les choux ne revêtaient certes pas la même importance pour les souris que pour les humains. Ce légume n'était pas à la base de leur alimentation depuis quatre mille ans comme c'était le cas pour plusieurs peuples de bipèdes, après tout ! Mais c'était quand même une belle occasion pour se réunir et fêter, d'autant plus que les chats du village, qui détestaient se mouiller les pattes, fuyaient les champs trempés par les pluies d'automne.

Sous le bienveillant patronage de Caldo de Savoie, les festivaliers étaient conviés à un grand banquet champêtre dans le champ de choux où avait lieu une compétition entre cueilleuses. La journée se terminerait par le couronnement de la reine de l'effeuillage, au cours d'un grand bal.

Bref, le Festival du chou était un événement annuel fort important pour tous les habitants et les souris du village de Villechou.

— J'aimerais bien que tu m'accompagnes au bal de clôture du Festival du chou à l'hôtel du village samedi prochain, dit monsieur de Savoie à Cendrine, quelques semaines après son arrivée au journal. Je pense d'ailleurs que tu es prête à faire ton premier reportage. Pour une fois, je pourrai me contenter de remettre la couronne à la reine du festival et m'amuser un peu.

Cendrine était à la fois surprise et ravie de cette proposition. Jusqu'à présent, elle n'avait écrit que des annonces et autres petits textes commandés par son patron. Il s'était d'ailleurs montré fort satisfait de son travail au cours des dernières semaines. Il lui avait même laissé faire la dictée à Gutenberg, c'est tout dire! Mais là, c'était différent. Ce serait son premier vrai reportage! Et, de plus, ce serait son premier bal.

— J'accepte avec plaisir, dit-elle. Et ça tombe bien, puisque madame Sauerkraut et Pierre seront au grand bal de Villechou. Je n'aurai même pas à prendre des arrangements spéciaux pour mon transport.

— Marché conclu, alors. J'espère que tu as un calepin et un bon stylo.

— Bien sûr, répondit-elle avec assurance.

L'aspect métier ne l'inquiétait pas du tout. À vrai dire, c'était plutôt l'idée d'assister à un premier bal qui l'embêtait. Dans toute la région, il n'y avait pas souris moins coquette qu'elle! Elle ne s'était jamais souciée de son apparence, enfilant chaque matin la première chose qui lui tombait sous la patte. En fait, elle ne s'était même jamais regardée dans un miroir !

— Comment s'habille-t-on pour un bal ? lui demanda-t-elle timidement.

Monsieur de Savoie examina la tenue plutôt négligée de Cendrine, qui portait ce jour-là une jupette passée par-dessus un pantalon corsaire, une veste et un t-shirt trop court. Une mèche rebelle lui cachait en partie l'œil droit et ses bottines usées étaient maculées de boue.

Monsieur de Savoie constata pourtant que, sous ses dehors dépenaillés, Cendrine était plutôt mignonne. Elle avait de grands yeux noirs bordés de longs cils, un pelage gris clair pétant de santé et un joli museau surmonté de très longues moustaches noires. De sa tignasse bouclée émergeaient de grandes oreilles pointues et fières.

La chaleur montait aux joues de Cendrine de se voir ainsi détaillée par un mâle, si vieux soit-il, pour la première fois de sa vie.

— Ce que tu portes ne convient pas du tout pour un bal, c'est certain. Il te faudrait une robe de soirée pour ne pas trop jurer avec le décor.

— Je pense que je vais devoir en emprunter une à ma mère alors.

Ce qu'elle s'empressa de faire le soir même.

— C'est une robe d'une autre époque, dit Christophine à sa fille. Mais grâce à elle, j'ai pu attirer l'attention de ton père!

En effet, pas moyen de passer inaperçue avec cette robe rouge vif faite de tulle et de satin chatoyant. Cendrine se sentait tellement mal à l'aise dans cet accoutrement qu'elle faillit renoncer à aller au bal.

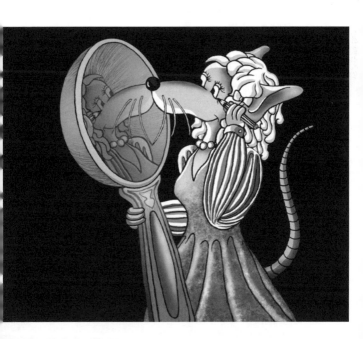

Après maintes hésitations, elle se résigna finalement à jouer le jeu pour pouvoir réaliser son premier reportage. Tant qu'à se déguiser en princesse, elle décida même d'en rajouter. Elle emprunta le maquillage des grandes occasions de sa mère et retourna chez elle pour se faire belle. Devant la cuillère qui lui servait de miroir, elle enduisit ses longs cils de rimmel noir, ses paupières d'une poudre bleu ciel et ses minces lèvres d'un rouge carmin. Pour finir, elle fixa sa mèche rebelle derrière son oreille à l'aide d'une barrette dorée.

Elle admira alors sa jolie frimousse dans la cuillère.

« Voilà, se dit-elle. Une vraie petite reine de l'effeuillage. Dommage que je n'aie pas participé au concours ! »

11

Le grand bal

Cendrine arriva dans la cour arrière de l'hôtel Villechou, à l'heure convenue, tout empêtrée dans sa robe longue.

— Pour ce qui est de te fondre dans le décor, c'est plutôt raté, lui dit monsieur de Savoie en l'apercevant dans sa robe rouge. On ne voit que toi !

— Je suis vraiment désolée, répondit Cendrine, dont les joues prenaient la même teinte que sa robe. Mais c'est la seule robe convenable que maman ait pu trouver.

— Vous ferez une belle paire, toi et madame de Bruxelles. Elle a l'habitude de porter des tenues extravagantes. Tiens, la voilà justement. Tu passeras la soirée en sa compagnie. Elle t'apprendra des tas de choses intéressantes que tu pourras raconter dans tes futurs articles.

Chouchou de Bruxelles était parée d'une haute coiffe à plumes colorées, d'une jupe d'organdi turquoise, d'un corsage à paillettes et d'un éventail de plumes assorti à sa coiffure. Elle se précipita sur Cendrine avec un large sourire, lui saisissant la patte avant.

— Je vous la vole pour la soirée, mon cher Caldo. Elle s'amusera bien plus avec moi qu'avec un vieux mammifère grincheux comme vous, plaisanta madame de Bruxelles.

— Faites, ma chère, j'avais justement l'intention de vous la confier.

Un portier en livrée, invita les fêtards rassemblés dans la cour à entrer dans la salle de bal. On avait installé pour l'occasion un grand escalier recouvert d'un tapis rouge, qui menait tout droit à une entrée aménagée entre deux briques du mur arrière de l'hôtel.

La salle de bal des souris était située juste sous la piste de danse des bipèdes, dans l'espace libre entre le plancher et le plafond de l'étage du dessous. Cendrine fut la première à y entrer. Une atmosphère surréaliste se dégageait de ce lieu magique, pareil à un cocon doré. C'était une salle spacieuse pour des souris, d'une hauteur de quarante centimètres. Un grand lustre trônait au milieu de la piste de danse recouverte de miroirs. Une vingtaine de tables drapées d'or et éclairées par des bougies étaient réparties sur trois côtés de la piste. Une scène rectangulaire occupait le quatrième. Des tentures de velours doré, récupérées à même celles de la salle de bal de l'hôtel, recouvraient les solives. Une lumière tamisée filtrait entre les lamelles du plancher du dessus, qui laissaient aussi passer une musique céleste.

Cendrine était toute retournée. Jamais n'était-elle entrée dans un lieu aussi somptueux. « Quelle chance quand même

d'avoir rencontré monsieur de Savoie»,
pensa-t-elle.

Madame de Bruxelles la tira de sa
contemplation en la poussant vers une
table, tout près de la scène.

— Ce sera parfait ici pour ne rien
manquer du spectacle, dit-elle.

Car spectacle, il y eut. À commencer
par les dix candidates au titre de reine
de l'effeuillage qui montèrent sans attendre sur scène, vêtues de leurs plus choux
atours. Caldo de Savoie y monta à son
tour, s'approchant du micro, fixé sur un
petit lutrin.

«Mes chers amis, dit-il, avant que
l'orchestre là-haut n'enterre totalement
mes paroles, permettez-moi de vous dé-
voiler le nom de notre nouvelle reine
pour cette année. Mais je vous dirai
d'abord que toutes ont fait bonne figure
au concours d'effeuillage qui s'est déroulé
sous l'œil guilleret et attentif du juge –
en l'occurrence moi-même – cet après-
midi. Elles ont toutes fait honneur à leur
profession, démontrant une habileté et
surtout une grande rapidité.»

Car l'objet du concours était, bien
sûr, d'effeuiller des choux dans un temps

record et non pas de se donner en spectacle comme le faisaient les humains, dont les coutumes étaient décidément bien bizarres !

« La gagnante a détaché dix feuilles parfaites en moins d'une minute, mes chers amis ! Notre nouvelle reine est donc la charmante Kyabetsu. Applaudissez-la bien fort pendant que je la coiffe de sa couronne. »

En plus d'être rapide, la nouvelle reine était la plus ravissante créature qui puisse exister. Sa fraîche blondeur et ses courbes parfaites ressortaient de la plus flatteuse manière sous sa robe vert émeraude. La foule, tout particulièrement les jeunes mâles célibataires, applaudissait et couinait à tout rompre. Caldo de Savoie revint vers le micro et s'appliqua à ramener le silence dans la foule en délire.

« Chers amis, hum, hum… Chers amis, il ne faudrait pas que les villageois en haut nous entendent ! les grondat-il. Voilà qui est mieux, dit-il, lorsqu'il obtint enfin un semblant de calme. Or donc, mes chers amis, c'est ainsi que se termine la partie officielle de notre soirée. Place à la danse maintenant ! »

Comme si l'orchestre du dessus avait voulu répondre à son ordre, il entama *illico* une polka endiablée, et les couples de souris se précipitèrent dans une joyeuse bousculade sur la piste de danse. Pendant ce temps, Cendrine prenait furieusement des notes, gobant les paroles de madame de Bruxelles, de même que les détails de l'événement.

— Mais non, mais non, Cendrine, ne note pas tout comme ça ! Amuse-toi un peu, lui dit monsieur de Savoie, qui venait de les rejoindre à la table. En fait, ton article aura seulement un paragraphe, comme tous les autres du journal. Tu devras t'en tenir à l'essentiel. Au nom de la reine, par exemple.

Cendrine abandonna son carnet de bonne grâce, un peu déçue tout de même.

— Il va te falloir apprendre à danser si tu veux continuer à fréquenter le beau monde. Viens que je te présente à mon neveu, Cavalo de Savoie. C'est le meilleur danseur du village.

Cavalo était en effet un excellent danseur, doté de surcroît d'un grand charme, auquel Cendrine aurait facilement pu succomber. En tout début de carrière, toutefois, ce n'était surtout pas le moment de s'amouracher et de se retrouver avec une exigeante marmaille sur les pattes.

Lorsque la musique s'arrêta à minuit, elle abandonna son beau cavalier, tout décontenancé, au milieu de la piste de danse. Après un bref au revoir à monsieur de Savoie et à madame de Bruxelles, elle se précipita dehors, comme une Cendrillon des temps modernes. Heureusement, son carrosse était toujours dans le stationnement. Elle s'y engouffra, à la fois ravie de sa soirée et un peu nostalgique d'avoir échappé de justesse à ce grand fléau qu'est l'amour... pour une future grande journaliste comme elle, s'entend !

Avant de se mettre au lit, elle rédigea dans son petit carnet le premier vrai article de sa carrière.

À compter de ce jour mémorable, Cendrine ne manqua plus un seul événement au village. Elle évitait autant que

possible le beau Cavalo, qui continuait à lui tourner autour, stimulé sans doute par la difficulté qu'il avait à la séduire, alors que toutes les autres jeunes souris étaient à ses pieds. Mais Cendrine ne se souciait pas le moins du monde de son assiduité. Elle avait bien trop à faire. Mariages, tombola, réceptions, vernissages, kermesses, funérailles et inaugurations se succédaient à un rythme infernal. Elle était devenue la coqueluche du village et y prenait le plus grand plaisir. Elle rentrait ensuite sagement au journal et dictait à Gutenberg, sous l'œil attendri de Caldo de Savoie, des articles tout à fait dans le style qu'il lui avait enseigné.

Caldo de Savoie était aux anges. Il pouvait enfin jouir d'une semi-retraite bien méritée, déléguant de plus en plus de tâches à sa collaboratrice. L'avenir de *Choux Gras* était assuré, croyait-il.

Bien d'autres que Cendrine auraient été comblés par la confiance de leur patron et par une vie professionnelle et mondaine aussi bien remplie. Ce n'était pourtant pas son cas. Dans ses quelques moments de répit, elle continuait à rêver aux grands reportages qu'elle ferait un jour à la ville et dans de lointaines contrées. L'emploi de chroniqueuse mondaine avait certes ses charmes, mais il ne comblait pas son goût de l'aventure.

Si ses premiers succès à *Choux Gras* lui avaient donné de l'assurance, ils avaient aussi renforcé sa détermination. Son destin allait s'accomplir au-delà de Villechou, elle en était convaincue.

Dès qu'elle le pourrait, elle allait prouver au monde entier qu'une grande journaliste pouvait naître dans une feuille de chou.

Mais, pour cela, il faudrait que Pierre Sauer se décide enfin à prendre la route...

Petit lexique du chou

Caldo : chou, en portugais.

Cavalo : chou, en italien.

Chou de Bruxelles : variété de choux miniatures développée en Belgique au XIIIe dans une commune de Bruxelles appelée alors Obbrussel (aujourd'hui Saint-Gilles).

Chou de Savoie : variété de chou pommé, aux feuilles frisées allant du vert olive au vert foncé.

Choucroute : spécialité allemande et alsacienne à base de choux blancs coupés en fins rubans et fermentés dans une saumure, accompagnée le plus souvent de charcuteries.

Crucifère : famille de plantes à laquelle appartiennent les choux. (Se dit aussi de ce qui porte une croix.)

Kaling : tradition écossaise qui consiste en une course au chou (*kale*). Tous les jeunes hommes célibataires qui assistent à un mariage prennent part à cette compétition – le premier qui atteint la ligne d'arrivée et ramasse le chou est certain de dénicher une belle et gentille épouse dans un proche avenir.

Kyabetsu : chou, en japonais.

Ordre des kuulkappers : cette confrérie gastronomique a été fondée en 1985 dans la commune de Saint-Gilles, en Belgique, pour perpétuer la mémoire des ancêtres kuulkappers, qui signifie « coupeurs de choux », en dialecte bruxellois.

Sauerkraut : choucroute, en allemand. Le mot est également utilisé tel quel en anglais. *Sauer* signifie « sur » et *kraut*, « légume »

Expressions imagées

Bout de chou : petit enfant.

Faire chou blanc : subir un échec.

Faire ses choux gras de… : se servir de quelque chose à son avantage.

Feuille de chou : journal insignifiant.

Ménager la chèvre et le chou : ménager des intérêts contradictoires, chercher à satisfaire tout le monde.

Planter des choux : vivre à la campagne.

Table des matières

Hélène Cossette

Hélène Cossette a grandi dans le quartier Villeray et demeure toujours à Montréal. Après de savantes études en administration et en affaires publiques, elle a travaillé pendant près de quinze ans dans le domaine des communications. Réalisant que l'écriture était ce qu'elle préférait, elle s'est inscrite, à l'aube de la quarantaine, au certificat en journalisme de l'Université de Montréal. C'est au cours de ces études qu'elle a découvert son goût pour la fiction et a créé le personnage de Cendrine. Travailleuse autonome, elle partage son temps entre la rédaction commerciale et les projets de romans qui mijotent dans sa tête. *Feuille de chou* est son premier roman pour la jeunesse.

Derniers titres parus dans la
Collection Papillon